Hochzeit im Winkel

Verse von Adolf Holst

Bilder von Else Wenz-Viëtor

Stalling

Wollt ihr mal recht was Schönes sehn,
Müßt ihr nach „Butz-im-Winkel" gehn!
Gleich hinten im Kinderspielzeug-Raum,
Da liegt's wie der herrlichste Märchentraum,
Recht wie ein Wunder aufgebaut,
Daß man kaum seinen eigenen Augen traut.

In Butz-im-Winkel ist alles fein
Und so lustig-lieb und so klimperklein:
Die Hündchen, die Pferdchen, die Hühner, der Hahn,

Die Schweinchen mit winzigen Schwänzchen daran,
Die Gänse, die Enten, die Katz' und die Kuh
Und die Zicklein mit ihrem Geißbock dazu,

Und was so alles drin 'rumlaufen kann –
Und der dickste Baum und das höchste Haus
Sind knapp so groß wie 'ne Speiskammer-Maus!

Der Brunnen am Tor und im Garten der Strauch
Und die Menschen natürlich allesamt auch,
Die Alten, die Jungen, Weib, Kind und Mann,

In diesem wunderwinzigen Nest,
Da gab's mal ein köstliches Hochzeitsfest
Mit viel Soldaten und viel Geschrei,
    Und die Rosemarei
Und Hansel, der Schäfer, war'n auch mit dabei.

Wie das geschah, und wie es gewesen,
Das könnt ihr in diesem Buche hier lesen
Und alles von vorn und von hinten besehn,
Denn die Bilder sind überall fabelhaft schön,
So farbenbunt und so herrlich verziert,
Und alles genau so, wie's wirklich passiert.
Drum, liebe Leute groß und klein,
Steckt hübsch eure Stumpelnasen hinein,
Ihr werdet restlos begeistert sein!

Da war die reizende Rosemarie!
Keine war schöner und schmucker als sie!
Ein bißchen steif und ein bißchen stolz,
Denn sie war ja aus vornehmstem Lindenholz,
Sauber gedrechselt und zierlich geschnitzt,
Daß alles an ihr nur so blinkert und blitzt,
Von oben bis unten das ganze Kostüm –
Und dann – das Parfüm!

Und reicher war sie als alle zusamm',
Denn ihr Vater war Gastwirt zum „Goldenen Lamm"!

Mit dickem Geldsack und dickem Bauch,
Und eine Schafherde hatte er auch.

Die Lämmer, die ihm so weiß-wollig blühten,
Die mußte der blonde Hansel hüten
Bei Wind und Wetter, tagaus – tagein,
Vom Morgenrot bis zum Abendschein.
Der hatte die Rosemarie mächtig lieb.
Und wenn er so über die Weide trieb
Und droben einsam am Waldrand saß
Und alles rings um sich her vergaß,
Dann blies er süß auf seiner Schalmei:
„Ich habe dich lieb, kleine Rosemarei!"
Er blies so süß und schalmeite so schön,

Er war ja nur Hansel, der Schafhirten-Mann!
Sie wollte viel lieber was Vornehmes haben
Als so einen ärmlichen Hirtenknaben.
Und war er auch jung und so lieb und gut
Und so hübsch mit dem Blondschopf unter dem Hut –
Ihn wirklich lieben, oder gar ihn frei'n,
Das fiel ihr höchstens im Traum mal ein;
Sonst war sie dazu doch viel zu stolz.
Sie war ja aus vornehmsten Lindenholz,
Wie sich's für 'ne Tochter vom Lammwirt gebührt –
Und er nur Fichte! und nicht mal lackiert!!

Da blieben alle Schäflein vor Freuden stehn,
Und Harras, der Hund, und die Waldvöglein,
Die stimmten alle begeistert mit ein.
Das niedlichste aber war Mama Mies',
Die kam mit ihren Kinderlein süß,
Das waren sieben Kätzchen klein,
Die tanzten um Hansel den Ringelschwanz-Reihn,
Wie verwunschne Prinzessen tanzten sie
Nach der kleinen, nach der feinen Schalmei-Melodie:
„Ich habe dich lieb, kleine Rosemarie!"
Die aber guckte ihn kaum mal an;

Ja aber, was ist denn heute nur los?
Was laufen und lachen die Leute bloß?
Die Kinder sind alle aus Rand und Band
Und schreien und winken wie wild mit der Hand:
„Sie kommen! sie kommen! juchheissa! hurra!

Die Soldaten! die Soldaten! die Soldaten sind da!"
Und wie sie noch toben wie toll und wie dumm,
Ertönt in der Ferne ein dumpfes „Bum-bum!"
Und näher und näher! und schon ganz nah:
„Schnedderäng! schnedderäng – !" und jetzt sind sie da!

Voran die Musik mit dem Tambourmajor,
Die Trommler und Pfeifer und das Trompeterkorps!
Fritz Bumke mit der Pauke, die rund zwei Meter mißt,
Und dann der schöne Friederich, der dicke Posaunist!
Das schmettert und wettert durchs Städtchen rundherum:
„Trari-trara! Viktoria!" und immer das „Bum-bum!"

Dahinter der Hauptmann, natürlich hoch zu Pferd,
Mit aufgewichstem Schnauzbart, wie sich das so gehört,
Die Herren Offiziere nach allerneustem Schnitt,
Und dann die Grenadiere in gleichem Schritt und Tritt.
Das rasselt und prasselt, das knattert und das knallt:
Parademarsch! Parademarsch! und dann „das Ganze halt!"
Wie eine Mauer aus Granit sie auf dem Marktplatz stehn –
O herrliche Manöverzeit! wie bist du doch so schön!

Dann geht's mit Hallo in das kühle Quartier;
Der Lammwirt, der kriegt einen Offizier!
Einen schlanken, einen blanken, mit Degen und Stern,
Das haben die Mädchen ja alle so gern.
Und die kleine und die feine, die Rosemarie,
Denkt: „Der oder keiner – !" so töricht ist sie.
Und hat sie den Hansel auch heimlich recht gern,
Er hat keinen Degen, er hat keinen Stern,

Er ist nix, er hat nix, das ehrliche Blut,
Als nur seinen Blondschopf unterm Schafhirten-Hut,
Und sie ist so reich, und sie ist so stolz,
Sie ist ja aus vornehmstem Lindenholz,
Wie sich's für die Tochter vom Lammwirt gebührt –
Und er ist nur Fichte! und nicht mal lackiert!

Am Sonntag im Städtchen, o Wonne wie nie!
Da tanzen alle Mädchen mit der Leibkompanie!
Da dudeln die Flöten, da rumpelt der Baß:
„Schrumbumda! didiralla!" so herrlich geht das!
Einmal rechtsherum, einmal linksherum! „diriralla-didirü!"
Und der Leutnant, der schwenkt mit der Rosemarie!

Denn heute ist Jahrmarkt, und die Sonne die lacht,
Da hat sich ganz Butz-im-Winkel auf die Beine gemacht.

Die Alten, die Jungen, Weib, Kind und Mann,
Und was so da alles noch 'rumlaufen kann,
Ist alles beim Fest, ist alles zur Stell',
Und wer nicht mehr tanzen kann, fährt Karussell;
Das ist ein Gelächter und Jubelgeschrei!
Und der Hansel, der Schafhirt, steht auch mit dabei.
Er bläst die Schalmei so süß wie noch nie:
,,Ich habe dich lieb, kleine Rosemarie!"

Die Rosemarie aber, die guckt ihn kaum an;
Er ist ja nur Hansel, der Schafhirten-Mann!
Und sie hat 'n Leutnant, der schwenkt sie so schön,
Wie kann sie mit einem Schafhirten gehn!
Dazu ist sie wirklich zu reich und zu stolz,
Sie ist ja aus vornehmstem Lindenholz,
Wie sich's für eine Frau Leutnant gebührt –
Und er ist nur Fichte! und nicht mal lackiert.

Nun hauste aber im dunklen Tann
Nux-nax, der grimmige Nußknacker-Mann!
Mit Kulleraugen und riesigem Kopf
Und einem gewaltigen Hängezopf.
So stieg er wild in der Welt umher,
Ob irgendwo was zu knacken wär',

In roten Hosen und blauem Frack
Und schrie nur immer: Knack-nack! knack-nack!"
Und wen er erwischt, und wen er gepackt,
Den hat er im Umsehn aufgeknackt
Mit Stumpf und Stiel, mit Haut und Haar,
Bis daß nix mehr von ihm übrig war.

Die Butz-im-Winkeler kannten ihn gut
Und waren vor ihm fein hübsch auf der Hut;
Sie hielten verrammelt ihr Eingangstor
Und stellten gewappnete Wächter davor.
Als der Nux-nax nun plötzlich von oben sah,
Was unten in Butz-im-Winkel geschah,
Und daß sperrangelweit offen das Tor
Und auch kein einziger Wächter davor,
Dieweil sie alle beim Jahrmarkt waren,
Getanzt oder Karussell gefahren –
Da grinste er grimmig, da lachte er breit
Und strich sich den Schnauzbart: „Jetzt ist es Zeit!"
So kam er mit langen Riesen-Tritten
Aus seinem Tannwald heruntergeschritten
Und tapste in all das Jauchzen und Schrein
Wie ein greulicher Unhold mitten hinein!

Himmel, wie sind sie alle gerannt!
„Feuer!" brüllte der Leutenant,
Aber sie hatten ja kein Gewehr,
Und ohne Flinte schießt es sich schwer.
Da entfloh denn ein jeder verzweifelt und schrie,
Und der Nux-nax griff nach der Rosemarie,
Und er hätte sie sicherlich aufgeknackt,
Wenn ihn nicht der Hansel am Zopfe gepackt,
Und war er auch klein und der Nux-nax so groß,
Er hielt sich am Zopf fest und ließ nicht los,
Und alle Leute schrien im Lauf:
„Hansel, halt fest, sonst knackt er uns auf!"

Das hat nun die Miese-Mama gesehn,
Und da ist das große Wunder geschehn!
Denn plötzlich, Kinder, denkt doch mal bloß,
Da wurde sie wirklich leibhaftig und groß,
Eine richtige Katz', eine wirkliche Mies'
Mit sieben lebendigen Kinderlein süß
Und scharfen Zähnen, spitzigen, weißen,
So recht geschaffen, um zuzubeißen.
Mit denen hat sie den Nux-nax gepackt,

Und statt daß er selber sie aufgeknackt,
Zog sie am Zopf ihn lang und schwer
Durch Butz-im-Winkel hinter sich her
Und über das ganze Jahrmarktfest
Bis heim zu den sieben im Speiskammer-Nest.
Die haben ihn dann benagt und beleckt,
Und hat ihnen alles herrlich geschmeckt;
Die roten Hosen, der blaue Frack
Und besonders die Stiefel, die waren aus Lack!

In Butz-im-Winkel aber weit und breit
War eitel Wonne und Seligkeit!
Ein Ende hatte ja alle Not,
Denn der Nux-nax war fort und war mausetot.
Doch Rosemarie zum Hansel sprach:
,,Du hast mich gerettet vor Tod und Schmach!
Du bist mein Held! Dich hab' ich gern
Auch ohne Degen und ohne Stern!"

Und küßte ihn herzlich und tiefgerührt,
Und er war doch nur Fichte! und nicht mal lackiert.
Aber wahre Liebe, die kennt keinen Stolz,
Sie schaut nur aufs Herz und pfeift auf das Holz.
Da jubelte alles Volk und schrie:
,,Vivat hoch der Hansel und Rosemarie!"
Und der Lammwirt stimmte schmunzelnd mit ein
Und rief: ,,Noch heut soll die Hochzeit sein!"

Als dann das Brautpaar zur Kirche marschiert,
Da haben alle Soldaten so schön präsentiert,
Die Musiker spielten so schön wie noch nie:
,,Ich habe dich lieb, kleine Rosemarie!"
Und die wolligen Schäflein so schneeweiß rein,
Die trippelten süß alle hinterdrein,
Aber Harras, der bellte wie toll und wie dumm
Und schmiß vor Begeisterung den Paukenmann um.

Dies alles ist ganz gewißlich wahr.

Nur das ist so seltsam und sonderbar:
Wenn Dumme sich Butz-im-Winkel besehn,
Steht alles so da, als wär' nix geschehn!
Die Schäflein, der Hansel, die Rosemarie,
Der Leutnant mitsamt seiner Leibkompanie,
Die Hündchen, die Pferdchen, die Hühner, der Hahn,
Die Schweinchen mit winzigen Schwänzchen daran,
Die Gänse, die Enten, die Katz und die Kuh
Und die Zicklein mit ihrem Geißbock dazu,
Der Lammwirt mit seinem dicken Bauch
Und die anderen Menschen alle auch,
Die Alten, die Jungen, Weib, Kind und Mann,
Und was so da alles drin 'rumlaufen kann:
Das singt nicht und springt nicht und dreht sich nicht um,
Bleibt alles nur Spielzeug, so steif und so stumm.

Wir aber wissen es ganz genau,
Denn wir sind helle und fabelhaft schlau!
Wir wissen genau, wie alles passiert,
Wir sind ja doch selber mitmarschiert!
Wir hörten das herrliche ,,Bumdara-bum"
Und fuhren mit im Karussell herum,
Wir haben den Leutnant tanzen gesehn
Und das glückliche Brautpaar zur Kirche gehn.

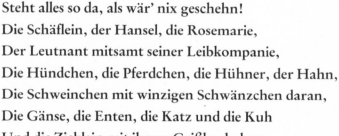

Und sitzt einer still im Spielzeug-Raum
Und wiegt sich süß ein in den Märchentraum,
Dann hört er ganz heimlich die Melodie:
„Ich habe dich lieb, kleine Rosemarie!"